變調的顏色

——林鷺詩集

「含笑詩叢」總序／含笑含義

叢書策劃／李魁賢

含笑最美，起自內心的喜悅，形之於外，具有動人的感染力。蒙娜麗莎之美、之吸引人，在於含笑默默，蘊藉深情。

含笑最容易聯想到含笑花，幼時常住淡水鄉下，庭院有一欉含笑花，每天清晨花開，藏在葉間，不顯露，徐風吹來，幽香四播。祖母在打掃庭院時，會摘一兩朵，插在髮髻，整日香伴。

及長，偶讀禪宗著名公案，迦葉尊者拈花含笑，隱示彼此間心領神會，思意相通，啟人深思體會，何需言詮。

詩，不外如此這般！詩之美，在於矜持、含蓄，而不喜形於色。歡喜藏在內心，以靈氣散發，輻射透入讀者心裡，達成感性傳遞。

詩，也像含笑花，常隱藏在葉下，清晨播送香氣，引人探尋，芬芳何處。然而花含笑自在，不在乎誰在探尋，目的何在，真心假意，各隨自然，自適自如，無故意，無顧忌。

詩，亦深涵禪意，端在頓悟，不需說三道四，言在意中，意在象中，象在若隱若現的含笑之中。

含笑詩叢為台灣女詩人作品集匯，各具特色，而共通點在於其人其詩，含笑不喧，深情有意，款款動人。

　　【含笑詩叢】策劃與命名的含義區區在此，能獲詩人呼應，特此含笑致意、致謝！同時感謝秀威識貨相挺，讓含笑花詩香四溢！

2015.08.18

自序

如果我們把人生當作一幅畫來處理，那麼每個人手上的調色盤上，有些色彩可以自行調配，有些卻得仰賴際遇的添筆。回顧過去一年，除了在國內上山下海，馬不停蹄於舟車勞頓的旅行；不知不覺竟然也遠近飛行千萬里。

我總認為人生的故事不管情節如何，它的吸引力畢竟來自不可捉摸的未來。我雖然期盼人與人之間能夠情緣相惜，但也日益學習接受心與心的距離，需要仰賴心靈的天線對得到彼此的頻率。過去三百多個日子裡，我一面旅行，一面進出醫院，咀嚼著這世界的生生死死；我遊走幾個意外的國度，認識一些意想不到的朋友，真正體會旅程帶來的「一生一會」通常涵蓋因緣聚合的兩極；我且隨行認識一些國家的歷史，豁然發現人類享受的自由，不管在哪個國家，都無可避免隱藏一些不忍揭露的傷痕。

鉅觀與微觀的科技世界，在超高解析度的鏡頭下，讓旅行的魅力隨時都有可能呈現無所遁形的驚奇；這種吸引力很多時候也讓心中單純的專注，不知不覺失去該有的警覺，雖然造物主總會在其中偷偷放進祂善意的警示。

人的一生總是悲喜相依，眼看至親摯愛突然倒下道別離，喜憎愛怨隨風去，真的很難不對人世間的短暫與驟變心生唏

嘘，也更能體會這個世界本來就該為年輕世代而存在；然而，令人感到遺憾的是，香港竟然發生長達幾個月，如火如荼的反送中運動。電視螢幕不停傳來年輕人面對殘酷的鎮壓，驚心動魄地犧牲性命，而那些可感可恨的情節，最是讓天下父母難以承受。

活過半個多世紀，我所感知的世界仍然那麼新鮮有趣，慶幸自己的詩可以自由自在呼吸，雖然內容的組合參雜了些許無奈的幽藍色調，我安然認知若要活得精采，就必須在高低起伏的道路行旅。

序詩：自由

我的愛戀

在無限遼闊的大海

浪進浪出

我心靈的依歸

不知不覺

伸向海平線的盡頭

如果我們所讀的詩句

竟然不幸

來自苦難的地獄

我無法和海

談論心中的自由

變調的顏色

008

目　次

續杯羅馬尼亞

疑惑自由

島國選戰

詩在北海道

夏天的禮物

夏天的禮物

來自八月無雪的北海道

溫室效應

煩躁一整個變調的地球村

詩人的年度聚會

在露天咖啡座

剛從揚起的一陣風中告別

詩美麗的期待

祝福著九月的福爾摩莎

我將戴上一頂

有愛遮避炙熱的草帽

它伴隨一些新奇的分享

以及海與天的象徵

這個夏天

我最珍視的禮物

來自無雪的北海道

2019.08.24

雪豹

關於牠的存在
有如瀕臨絕種的石虎
天生穿在身上的美紋皮大衣
動物學家說
那是造物者為了
零下20度以上的需要設計
地球每十年上升一度
對牠都是步步殺機
為了食物
牠的足印從崩落的冰山
拓向沒有遮攔的山野
牠不再是
一個美妙精準的隱身獵人
牠一身優雅的霸氣
成為無限諷刺的負荷
牠不是瀕臨絕種的石虎
牠是冰原上

一則
喘息崩潰中的傳說

2019.09.17

秋紅

海潮的聲浪從暗色的海岸
把秋天的顏色叫醒
綠色的大地一路安撫
我過度輕忽而疲憊的眼睛
秋天啊！
你讓我想起
有人在不該流血的地方
把他珍貴的鮮血
輸送給他摯愛的土地
我在北國
看到悲憫憐惜的血色
染紅了秋天的葉子

2019.10.05

邂逅

今夜我該為您寫一首詩
告訴您我多麼願意
陪您喝下
您手中那杯孤單的清酒
也差點伸出我的手
替您攏一攏在歲月中
稀疏散掉的髮絲
在這《冰點》的原鄉
語言如果突然相同
我們必定會共同閱讀
彼此都喜愛的一段章節
今夜我用我的腦子
印記您粉紅色的嘴唇
如何優雅您的皺紋
一面品嚐
您甜美友愛的和菓子
一面告訴我自己

多麼該為這神奇的相遇
來寫一首詩

2019.10.07

狼

小紅帽

三隻小豬

一隻逮住機會

就想吃人的大野狼

傳說著百年童話故事

狼拍彈舌頭偽善話語

親和示弱

收斂隱藏的邪惡

狼告誡自己

獵物還沒到手

可別露出凶狠的獠牙

有人在黃昏的山丘

聽到坐臥高處的大野狼

悠閒地噪哮

真實的聲音傳遍

一整個抽痛的山谷

2019.10.11

北極熊

看過鄂霍次克海的風浪
北海道的秋
從南到北漸次紅了眼瞳
旭川動物園裡
焦躁與慵懶的北極熊
讓反覆走動與垂頭喪氣
在同一個空間呼吸
夜晚跳過文字
隨手檢閱一本北極熊
從出生不需覓食的過程
驚奇發現
北極熊的保護色原鄉
雪花的結晶

2019.10.11

變調的顏色

024

詩在羅馬尼亞

入境

免簽的信任發生疑問
幸虧入境的人不太多
幸虧我沒有忘記
攜帶我的詩人身分
向來慶幸
自己是一個完全自由的人
在已經不共產的國家
出具善意的邀請函
卻得等待畫押
據說因為
我是來自一個
竟然不被承認的國家

2019.05.30

初抵雅西

螺旋槳飛機降落
從空中俯視
處處柔黃油綠的土地
車行彎曲
閃爍湖光波影
空氣少了
慣性的吵雜擁擠
我渴望一窺
心中遙想的體操王國
初賞友誼的味覺
是她帶來
特別香甜的蘋果滋味

2019.05.30

公園詩會

青綠大樹高聳藍天白雲

鬱金香家族鋪陳地面驚奇

有人輕步路過

有人攜眷駐足休憩

有人難免熱情擁吻

詩在午後走進公園

交會多種國境的語言

公園除了吱喳鳥鳴

也即時添加

激昂　輕柔　節奏跳動的調性

競相開放

詩人心靈培育的瑰麗

2019.05.30

探索雅西

地上的日照

經過一天的勞累

等待夜來接班

雅西文化宮的燈已亮起

以水晶般的明亮

吸引

一座城市所有的眼光

藍天還沒離去

月兒已懸掛高空

我們開啟詩人的眼睛

探索眼前的雅西

對過去的歷史

開啟好奇

2019.07.23

擦身而過

你我應該不曾想過
在美麗的雅西
有一次人生中的閃遇
面對突兀的示意
你並沒有拒絕而去
趕路的雙腳
留給我兩秒鐘的善意
你彎曲握拳的手肘
撐持一籃子
色彩新鮮燦爛的
玫瑰花香
你軟柔的皮製涼鞋
讓我寬心
你要走的路途
你的臉上
雖然沒有特別的笑容
卻為我留下
羅馬尼亞難忘的印象

2019.07.17

雅西夜色

流連一段不曾親炙的夜色
在沒有仰天高樓
壓迫視覺神經的城市
燈光入夜適度炫麗
富有歷史影像的雕琢藝術
古教堂外觀的彩繪聖像
從不同角度引導聖經故事

我在朦朧的月光下
看五月的栗樹挺立街道
看它們在茂盛的綠髮
別上一座座奇異的小尖塔
默默變換一棵樹
從白到粉淡
幽雅的花之美雅
我在夜色中遊走雅西的浪漫

2019.06.01

戰爭紀念碑

野心家　獨裁者　邪惡強權
構築每個國家不堪回首的傷痕
英雄身上的彈痕刀傷
總會被憂傷的土地默默埋藏
我在不同的國家
看過數字驚人的白色十字架
哀傷的血跡總會被賜予
勇敢與神聖的標記
抵抗者的脆弱與犧牲
在和平的時代
也必然習慣被美化成
大無畏的圖騰
白色的巨型十字架在雅西
與神聖古教堂的距離
僅僅一路之隔
它日日與活著的人擦身而過
如果和平的希望已成世人
普遍信仰的種子

十字架上
鑄刻的密密麻麻姓名
是否會因為遠道而來的詩人
以無比虔敬的詩句
做為和平的禱詞
讓受傷的亡靈獲得撫慰與安息

2019.07.07

面具

雅西文化宮前的假日市集

濃縮我想看見

羅馬尼亞的傳統服飾與手工藝

觸目廣大古老的綠色

我揣測森林的傳說

必然夾雜著美麗與恐懼

他是想像力豐富的巧手工藝師

讓我隨手把玩

戴上獸角與皮毛縫製的面具

我卻聯想蒙古高原上

神祕的薩滿教徒

從各種可怖的神佛動物面具

發出敬畏鬼神的喉音

他們或許不知道真正可怕的面具

其實戴在高度文明的人類臉上

獸角與毛皮

則藏在眼睛看不到的地方

2019.07.13

口簧琴

吹奏口簧琴的原住民
以馬賽克拼貼出來的身影
高高站立在
鎮西堡一座小學大門
森林在羅馬尼亞
森林在台灣原住民部落
森林在不知名的地方
有情世界不需相互見證
我在森林小學
聽到雅西廣場的口簧琴
吹奏出森林原鄉的聲音

2019.07.21

蒲公英

這是一片屬於蒲公英的土地
只要雜草可以生長的地方
生命不需要強韌的枝幹
更不必憑藉自身微薄的力量

蒲公英忠誠地把虛弱的容顏
呈現給沒有選擇的風
讓永生的魂魄四處飄散
讓隨遇而安的基因
世代落地相傳

趁著風還沒來的時候
我努力捕捉蒲公英完整的相貌
遊走一片
蒲公英到處生長的地方

2019.06.20

布加勒斯特的早晨

Elena以家人的愛
陪伴巡禮
晨起美好的時光

樹木仰高
綠蔭扶疏
玫瑰花也樂意奉獻
熱情的奔放
和含蓄的花苞

行經小徑
遠處意外出現
一座典雅的教堂
鐘聲如果響起
想必在告訴我們
被神深深祝福

2019.06.08

向尼古拉・波佩斯古教授致意
——Acad Nicolae Popescu（1937-2010）

我不曾與您真正相見
在這個您居住過的古老城市
玫瑰花大朵又美麗
在您躺下安息的地方
白色大理石十字架的亮潔
與您安宿天堂的靈魂
想必也無兩樣

2019年5月21日
早晨的陽光照在您熟悉的地方
您從台灣來的詩人老友
屈膝您的跟前
他閉目懷思您在他心中的影像
陽光閃熠他的白髮
方才他彎下腰身
仔細擦拭您永遠的住家
您深情的妻

猶含著九年多來思念的淚眼
陪同我們在布加勒斯特
目睹我們和尊貴的您
情感上有了奇異的連結

2019.07.10

愛的份量
——寫給尊敬的羅馬尼亞數學家 Nicolae Popescu夫婦

我逐漸熟悉

一個不曾見過面的人

我閱讀想念他的至情詩句

我看到他被訪談的兒子

為了國家未來的教育

優雅談論理想

臉龐閃爍

來自父親的形象

母親與家庭教養的風範

我驚訝數學的骨子裡

原來藏著詩流動的分子

也意外發現

數字並不去計量愛的份量

2019.07.29

愛在布加勒斯特

存在或不存在
在這氣候變化異常的季節
熱情與感性
顯示詩人存在的本質
一如季節的更迭
有著著恆常不變的法則

啊！布加勒斯特
美麗的玫瑰花之城
即便文學藝術的綠樹四處茂盛
也曾有過激烈抗暴的慘烈
東正教堂輝煌肅穆
仰望聖堂壁畫讚嘆無比

五月是氣溫多變的季節
我們感受排隊親吻聖像的謙卑
接受誠摯點亮蠟燭的祈福
五月也是屬於詩合宜的季節

因為愛在布加勒斯特
沒有存在或不存在的疑惑

2019.07.14

註：詩的用詞「存在或不存在」及「季節」，乃刻意
　　引用自台灣詩人李魁賢的詩集《存在或不存在》
　　（Existenţă sau Non-existenţă），和艾蓮娜‧波佩斯
　　古（Elena Popescu）的詩集《季節》（Seasons）。
　　這兩本由雙方作者互譯的詩集，羅馬尼亞文與漢語
　　譯本已經出版，並且於2019.5.20在羅馬尼亞首都布
　　加勒斯特的羅馬尼亞文化協會舉辦新書發表會，這
　　可能是台灣詩集在歐洲的創舉。

離別

離別在布加勒斯特
飄出麵粉發酵的麥香
沒有絲毫人工香精的偽裝
巨大
如一朵手工特製
美麗的花
那是詩人Elena
留給台灣詩人的羅馬尼亞味道
看似尋常的飽足
卻永遠難以
被愛留存的記憶消化掉

2019.07.13

變調的顏色

044

續杯羅馬尼亞

她的樣子
——寫給羅馬尼亞詩人Elena Popescu

我愛她愛花的樣子

也愛她自然分享

她所愛的人

玫瑰在她的國家盛放

鳶尾花開出奇異的色調

她帶我們

進入月曆上絕美的風景

優閒沖淡離情

我愛她

帶我走過公園裡的小橋

告訴我

她和她一生最愛的人

曾經常常

一起在小橋邊的座椅

共度

平凡不需要測量的愛情

2019.07.23

一夜花香
——寫給向萬里告別的詩人Elena Popescu

離開玫瑰明豔盛放的沃土

我為妳送上

一支純白的野薑花

雨在窗外忽大忽小的下著

被妳暫時養在杯中的花

仍然快樂地飛舞

不顧暗夜偶然閃響的雷電

吐露陣陣芳香

一夜友情的共處

花對妳似乎也萌生了感情

當我們醒來

昨天含苞的花蕾

通通為妳暢快地開放

只是

美麗的環景海灣

卻不得不

為妳不捨的讚嘆送行

2019.10.02

時空宴會

昨天一覺醒來

發生美好的意外

Google翻譯把兩種語言

裝進時空膠囊

即時傳遞

她說羅馬尼亞人

向來好客

出生日一早先去教堂

體會造物主的恩典

謙卑領受來自神的祝福

再以花茶和食物

共同慶祝活的喜悅

我從有限的文字

品嚐她犧牲整夜睡眠

手作的異國料理

確定心靈的調味無比融合

彼此的口味並無障礙

2019.11.02

關於藍

關於藍
無關政治屬性
在我的天空和海廣闊
對於色彩的愛戀
是我們的友誼之外
不曾約定的共識
半夜醒來
讀一則她喜愛藍的理由
除了愛父親所愛
還出乎詩意的預料
說連她的眼睛
也是
藍的色調

2019.07.06

祖孫會

愛有眼淚

她說今天她哭了

送出的棋盤和棋子

不知道誰會和孫子對奕

過了這一刻

即使見面

也觸摸不到血脈相連的身影

然而

心　終究是安慰與高興

孫子終於拜訪了

老祖母的國家

幸福有時就是說不出話語

為了離別

剔透的眼淚

讓鑽石也無法使用

度量衡上的克拉

2019.09.20

禮物
──致美麗的羅馬尼亞女老師
Luminita Hirca

清晨愉悅地醒來

在於收到遠方

一朵溫柔的紅玫瑰

她甜美的問候

滿溢心和鼻的芳香

感謝上帝

送來繆思的不可思議

她的脣語未啟

我已得到朝露般的清洗

旅行留下的幾分疲憊

頓時獲得慰藉

想起她

熱衷培育愛與美的種子

我怎能不愛她有愛的禮物

這靈性相惜的美意

來自她心中

無限詩意的一方豐腴之地

2019.12.26

大愛女詩人
——致羅馬尼亞女詩人Angela Furtuna

冬天的風在屋外呼嘯

一波波有如海浪起伏的聲響

在一年倒數的幾天

總算回到大自然的軌道

我讀她一整年的詩篇

讀出她心中巨大的承載

有時暗自後悔

那幾個見面的日子

沒仔細探索

她隱微輕啟的議題

她的手

原本流暢於黑白琴鍵

她的手

原來更熱衷於書寫

反思人類的愛與衝突

推測她

有如一叢

柔軟又堅毅的蘆葦花

今日天門未開
接收她懇求有力量的禱辭
共同指引上帝
關愛被世界遺棄的黑大陸

2019.12.28

手工玫瑰

冷冷的冬天
正為一朵玫瑰傷神
那個留駐記憶
處處玫瑰生姿的國度
半夜傳送
沒有利刺傷人的
紅　白　粉嫩
流露出
不可思議的溫柔
朵朵的美
來自使愛開花的巧手
我看一束遠傳玫瑰
如看她來自心靈的陽光
輕輕拂煦著
一個
冷冷的冬季

2020.01.16

詩在墨西哥

星芒聚落

我在暮靄中

飛越高山雲層的領空

俯視突出的火山

神祕聳立

河流如線　百折千迴

墨西哥的天空廣闊無比

地上星芒閃爍

幾處聚集

它們飛進我的眼睛

如人一般

有情卻孤寂

如果有聲

應該是

揮之不去的耳鳴

2019.12.07

閱讀瓜達露佩

瓜達露佩

傳說中有聖母顯靈

我被尋常的神跡

驚醒睡夢

一天的開啟

從晨曦的日出窗景顯現

一天的結束

從霞暉落日中揮手隱去

人與神本難真正相會

路邊的白蘆葦

公園的火焰樹

圍籬上的紫色月桂藤

原來是祂早已安排

如何匆匆閱讀

墨西哥瓜達露佩的

城市布置

2019.12.14

錯過

馬雅文明的誘惑

據說從Valladolid開始

一頓餐的停留

來往幾個街道的轉角

終究只能錯過

時間沒有節奏

我跨越馬路和它賽跑

用眼睛快速搜尋

想像中的墨西哥風情

街燈溫柔暗微

照見教堂的大門開啟

肅穆在燈光照不到的深處

廣場音樂輕快迴旋

庶民快節奏的男女雙人舞

舞衣和髮髻花飾明麗

停駐公園的小推車

沒有表情地販售冰淇淋

夜間的馬雅金字塔

很快就要關閉
錯過一時
畢竟誰也無法知道
能否再次相會

2019.12.17

高空語辭

我在高空俯瞰地面
看見人類的生活樣貌
細瑣擁擠
繁華與疏離高高低低
缺了禽鳥的羽翼
集體飛翔
讓所有的相遇與錯過
縮短時間的距離
有人荒廢了一些墾殖
有人在漠地劃上路徑
有人拋棄語辭的溫度
急於被人閱讀

2019.12.20

詩在淡水

淡水的雨

雨滴滴答答
下在詩人遠遠近近
走進的北台灣

詩從詩人的心裡
以飛舞的墨色走出來
掛上
百年殼牌倉庫的牆上
跨界傾談

雨在淡水就是不甘寂寞
滴滴答答
在詩人的傘上跳舞

2019.09.22

淡水觀音

淡水輕柔的橙色天空
叫醒我今天的第一首詩
觀音在兩棟大樓之間
穿著一襲薄紗
不失莊重
溫柔地向我招手

剛完成一首詩
八十歲的大哥突然響起
我的手機鈴聲
曾經寫過青春情詩的他
急著等待天亮
熱切分享
詩神突然來找

淡水的天空
昨天下了一整天雨

詩人正為今天詩的戶外朗誦
祈求天晴

八十歲的大哥
一顆埋藏詩的種籽
被遺忘在多年失耕的心土
我納悶
淡水觀音是否
讓他儲存記憶的密碼
在一夜之間活了過來

2019.09.22

河

有河　無河
心中需要一條河
有風　無風
日暮的金色波浪
總是在我的心河翻湧
那些一起寫詩的日子裡
淡水有一條河
有時風
有時雨
有時從不同方向
飛來詩人心事

2019.09.23

如果在淡水河邊

放慢你的腳步
如果你在淡水河邊
不要急急奔跑
也不要用人生的長度
去揣度一條河
究竟載過多少渡客
日升日落
都依照神設定好的
程式運作
如果你在淡水河邊
天空又把波面浸染成
一片波動的紅色
你該提醒自己
不要不知不覺又按下
倒數計時的碼表
也不要抬起你的腳跟
在淡水河邊
急急奔跑

2019.09.24

淡海暮色

從紅毛城的坡頂上
走下斜坡
雙膝踩剎車一般
放下身後的殖民歷史
那片被照耀的綠茵
安步漫走的白鷺
還在放鬆我的思緒
一片逐漸隱匿的霞光
已經把淡水
染成
驚眼的紅橙暮色

2019.10.24

牧詩
——致前輩詩人李魁賢

神派遣牧者
前往蠻荒之地傳播福音
祂藉著人的口舌說：
此地就是了！
於是馬偕牧師在淡水上了岸
神又以恩典讚美這個地方
淡水於是出現
教堂　醫院和學堂
百多年後淡水有個詩人
以福爾摩莎之名疾呼

人民如果沒有時間讀詩
我們把詩送到人民面前

他為落實「詩美之鄉」
四處奔走牧詩

2019.10.25

黃昏鄉情

回家

母親不在

我們約好一起回家

守門的老狗終究也上了天堂

破舊的家門近處的兄姊已修好

大清早我們決定回家

聞一聞母親的味道

看一看牆上從沒離開過的阿嬤

半夜輾轉不眠

想起被子

不再聞出太陽的味道

枕頭也沒人問是否太高

最難跨越的是

經過那扇到大門的小窗

廚房不再飄出魚香

懷疑喉嚨是否

還升得高音量通報

已經到家

2019.07.30

傍晚的火車

傍晚的列車從車窗匆匆駛過
勞動心力的掃除
讓母親最後守候的家屋
重新有了歸屬
愛在那裡是一件多麼容易的事
每個人出去重新建立自己
風雨中回來總有人在那裡等候
時間展現摧折的威力
我們觸摸一些無法挽留的嘆息
逐日老去的手足終日勞力
總算鬆了一口氣
天上的母親想必也滿心歡喜
傍晚的火車載著我們慢慢駛離
隨時可以回去的家
重新被放在心裡

2019.08.02

母親的臉

母親的臉

留下多少我幼年的溫存

母親的臉

在她躺下以後我常用手輕輕撫摸

每次離開前

彎下腰吻一吻她額頭上的皺紋

有如親吻自己的小孩

也用哄孩子的口吻告訴她

我會儘快回來

母親愛乾淨的臉

如今在老宅蒙上一層灰塵

我無法親吻

只好用一塊乾淨的手巾

在她的臉上

含淚輕輕擦拭

2019.08.02

故鄉

濃濃的魚腥味

把故鄉從晨曦中喚醒

粉紅的天空預告

將是無風無雨的一天

我用力呼吸

跨越天人菊熟悉的空氣

成長的住家半夜傳來

船隻啟航的鳴笛

離別在這裡

曾經是一場生死的判決

鄰居裸露的古銅膚色

無從世代交替

只有成排的路樹

依然傲示對抗

強風頑強彎曲的身軀

⋯2018.08.03

家鄉的古早味

沒落中

不服輸的早餐店

等著品嚐成長中的老味道

雜亂貼上傳承驕傲

處處標示

一個守住家門的兒子

愛鄉念舊的實踐力

點一條不加硼砂的油條

加一塊手工芝麻酥餅

喝一碗米豆混漿

他是一個別人眼裡

無足輕重的市井升斗小民

一生只守住遊子嘴裡

說不出的小鎮滋味

2019.08.07

幸福滋味

七月大哥親自烹煮家鄉味
烏魚麵線埋上一尾
大嫂放置的Q彈大紅蝦
喝一口原味的鮮甜
再灑一匙上搭的茴香酒
幾粒蛤蜊張口
兩顆特製鱈魚丸
細嚼父母親離世後的親情
討海的堂叔
教授保鮮魚貨的絕世秘笈
七月咬著冬季寒流
帶來的烏魚肉
幸福我們共享的滋味

2019.07.19

蚵仔絲瓜湯

關於回憶數十年前
鄰居現剖的鮮蚵絲瓜美味
不知不覺算也算不出
閒話裡提過多少回
以為那無疑如同物種滅絕
已是永不再現的天味
好在人生常有意外
二哥居然買回鮮剖蚵仔
大姊提來斗大白冷嫩綠絲瓜
三哥早也備妥手工麵線
小妹隨手採摘庭院裡
母親生前手植的青蔥一把
我們愜意圍繞圓桌
豪氣消食
一大盆器皿不加修飾的
復活絕味

2019.08.10

粉紅的黃昏

黃昏我們走向熟悉的海邊
童年也熱情忘懷地走向我們
家鄉的天空下
一頂色彩豐富的鴨舌帽
戴在大哥的頭上
他興高彩烈懷抱雙臂
要我為瀟灑拍照
二哥讚嘆這是美好的一天
只為當年
一頭被稱頌過的特黑髮絲
染上黃昏的滄桑
抒懷些許感傷
三哥剛從遠遊的地方回來
學藝術的浪漫
並沒有隨著雙膝退化
我們一起追逐童年的夕陽
天空攜手入海的小溪
丟給我們

一大片粉紅色的慰藉
我們沐浴在當年的黃昏裡

2019.09.04

消波塊

颱風來了
海浪衝過一條大石子路
越過紅磚牆外的池塘
漫進家門前的庭院
父親曾經隔著木製的窗框
把我高高舉在他堅實的肩膀
對於大自然無情的威力
我竟然不知恐懼
父親突然間倒了下去
沒有色彩的消波塊
隔絕了我遠眺窗外的浪濤
半夜起航的汽笛響起
故鄉的消波塊
也隔絕了我記憶的海岸
被重新彩繪

2019.09.07

變調的顏色

080

生死苦諦

拔河

今日我要用力為他
寫一個
生
無論如何也不想讓上天
沒有預警就來插手
隨意寫上一個
死

他是愛我們的親人
我們雙肩震動
我們雙手顫抖
如果倒下去的您
感覺得到痛
叫我們如何掩蓋
想氾濫的淚水

奮力呀
誰來和儀器上的

昏迷指數
用力進行一場
生與死之間的拔河

2019.07.03

想聽一首哀傷的歌

突然好想獨自聽一首哀傷的歌
讓鬱積的眼淚好好流一流

他是我的至親
向來不輕易吐露
生命一路走來的困境
我的母親曾經在他年輕時的病床邊
止不住憂心啜泣
小小年紀的我
屢屢看他蹲在我父親的椅邊
說著請示的話語

他是我的至親
剛剛睜開多日昏迷後的眼睛
突然高高舉起一隻手
告訴圍繞他的姪女
他還努力活著
想起飯桌上不經意透露

他每年不忘祭拜大哥
也沒忘記過逝不久的嫂子

他是我愛的至親
頭骨凹陷
離開以後多麼想望
獨自走一段路
聽一首
讓自己好好流淚的歌

2019.07.11

復健

過了從生看死的歲月

心中的眼睛

轉向

從死看生的距離

或許才最是難以跨越

倒下去

站得起來的艱難

讓所有的爭執

失去意義

握著他愛過卻軟弱的手

我呼喚他的記憶

幾秒鐘的凝視

一個點頭

已讓人感謝上帝

我繼續揣測

一個人

從死到生的距離

2019.08.20

一個兒子

一個兒子
在父親倒下後
在我面前顫抖哭泣
一個兒子
在父親失去語辭時
努力和他對話
一個兒子
在他父親抗拒回去醫院時
毅然用身體背負起老父
一個兒子問我
我是不是做錯了什麼事
為何我的父親
照顧過那麼多的人
如今卻受著遙遙無期的苦
他是一個兒子
一個家
風風雨雨中
惟一的一個兒子

2019.09.08

重複一句話

聽說他已經重新學會

自己用筷子吃飯

也能用手勢

示意想走出屋外

當他陷入沉思的時候

無法讓人猜透

最被記憶的究竟是什麼

想起他習慣用沉默

擔當無數挫折

愛人的心卻不打折扣

握住他軟厚的手

我只剩一句重複的話

你還認不認得我？

2019.11.10

颱風就要來襲

氣象預報颱風就要來襲
雲已聚集
層層圍繞著遠遠的山嶺
清晰一路的風景
日夜筆讀的百齡公公
拒絕助聽器
聽覺突然異常清晰
他懂得勸人
挫折的時候有時好好哭泣
我不曾問過他
對漫長的人生有何感受
卻在心裡珍惜
他沒有偽善修飾的正直
想著他對我說過的話
如今與他相見
只剩下一個無力的手勢
見不到老伴也無語
他或許知道

人生最後的一個颱風
很快就要來襲

2019.08.05

告別的訊息

生有時何其不易

死亡來到之前

有時簡單

有時艱難

回顧一個人帶著多少感情

細細節節

經由死亡都成過去

慶幸悲傷的時候不曾無禮

也曾用該有的愛洗滌她的身體

謹守原生家庭的庭訓

不逾越有時加諸的無理

那天告別

她最後的清醒

緊握的手也曾使出最後的力氣

原來在無人的時候

她已對我傳遞

彼此最後都懂的訊息

2019.08.13

衣著的色調

關於大家的今天
不管遠近都有了共識
我們將用集體沉悶的衣著
表達心的溫度
只是半夜突然醒來
想起衣服的集體語言
即將成為
掩飾善意謊言的告解
外傭說就在那個
即將失去伴侶的晚上
他習慣性的沉默
不吃不喝也不睡
半夜醒了過來
想起今天的集體沉悶
該如何讓衣著色調的共識
去協調一顆心
面對沉重失落的脆弱

2019.08.16

一杯咖啡

離開昨日
陽光照耀下的最終告別
火燒般的高溫
在忙亂還沒結束的午後
天空有了幾分暗沉
等待一場雨
來澆涼
還不知如何去安慰的焦慮
生離死別總是給每個人
不同的意義
我們今日需要一杯咖啡
來緩和
看似已恢復平靜的日常

2019.08.18

探望

日子所剩或許畢竟無多

他依然沉默閱讀

寫寫畫畫

記事本上原本清晰的筆跡

逐漸歪斜模糊

輕輕觸摸他的肩膀

湊近耳際接連叫了幾聲

鬆垮的骨架總算動了一動

嘴裡回應著沒有字眼的聲息

我仔細辨識

他寫下的生活分時記錄

完整的語句並沒有鬆動失序

只是聽說到了半夜

才聽得到

一個被時間之河流走的名字

被他清清楚楚地呼喚

時間的箭頭

在暗夜裡被一顆心折斷

2019.09.01

不忍看他

我不忍看他
看他小小年紀為了一小口
被餵食的食物掙扎
他是漸凍人
別無選擇的活著
我努力裝作若無其事
那卡呼卡呼的喉聲
不留情地刺痛我的同理心
我真的不忍看他
白髮的父親
有愛的兄長
淡然隔絕所有的眼光
一口一擦
默默地處理他

2019.7.27

病老

曾經意氣風發
曾經練就一身非凡氣功
曾經是年輕人口中
沒有代溝的小叮噹伯伯
天生的藝術創作者
品味出眾的古董收藏家
飽讀奇書典故
不向女性低頭的老頑固
敢於細說
自己的傳奇巔覆
他是驕傲熱情的慈悲家
爽快的四海絕品兄弟
這次
我卻不知如何攜心看望
屢次跌倒
困在萎縮的一方小腦
也不情願輕易倒下的他

2019.07.28

一首歌

一首歌聽過千百回
母語搖滾歌手為它調降音調
一輪秋天的月圓在天上
祝福的語言無情地擊碎它
變成地上一塊破碎難圓的鏡子
或許他已經遺忘歲月
只記得年年細數
孩子為他省下的生日蛋糕
已經累積25個
當初被月亮送走的孩子
再過幾天又將增加一個數字
他是一個父親
我不知道能說什麼
只淡淡提議一起來聽聽
那首〈妳是我的心肝〉
畢竟那個他培植出來的搖滾天王
已經調降了音調
為他把一首歌唱入心坎

而我
其實老早偷偷聽過千百遍

2019.09.14

搖滾台客
——給水晶唱片創始人阿達

命運無來由

你的骨血畢竟已經進化成

道地的台灣老靈魂

而我　老是忘記

你是離奇的韓日混血兒

常忽略你

曾經以身家當賭注

擺脫島國被殖民的慢板哀調

創意新世代

吶喊嘶吼的快速節奏

剛剛突然接收你傳來悲傷訊息

關於一個

外省第二代的搖滾台客

在這個國家

滿是衝突疑惑的時候

突然拋開學生時代

就不曾放下的搖滾憂國

去到一個

不知該彈奏什麼節奏的
格鬥天堂
雖然我從來不認識他
竟然不知該回給你和他
什麼樣的詩句

2019.08.09

附註節錄阿達部分文字訊息：「老哥，路上小心，別再看天堂版的政論類視聽了」。

懷念「台客搖滾」宗師「老哥　劉淞洲」，他以外省第二代的身分在本土化運動最甚的90年代，在台大男一舍與同學們憂國憂民，以台灣小調襯著搖滾節奏，外加流利的台語批時事，幹特權，槓政客。

悼詞

他們正在研擬悼詞
為了回顧
不再回頭的過去
愛的甜度向來不是花蜜
汗水乾了
只剩下一層薄薄的鹽霜
遊子如蜻蜓點水
告別的儀式結束以後
不再各自東西
而是天上人間
愛的演進
有時不得不淪落成
時空的割據
人生中最是可貴的相遇
不外乎血肉相連
當親情最後結束的時候
人們要使用多少文字

才能寫盡
彼此不留遺憾的悼詞

2019.08.16

靈骨塔

一座塔占據我的眼睛

也占據我眼睛裡的一片天空

所有的住客

都曾經行旅在這人世

匆匆帶走屬於自己的故事

料想每個故事的情節

有愛　有爭執

還埋藏一些只有時間

才知道的細節

有過的平庸或尊榮

在一座塔裡終究回歸平等

我的眼睛

偶然占據一座塔

也占據塔頂上的一片天空

如果風來了

我多麼願意聽聽

層層垂掛飛檐的串串風鈴

齊聲鳴讚活過的聲息

2019.08.10

疑惑自由

自由之翼
──寫給香港的小孩

天空是自由的嗎

它聽命於誰的指令

一隻鷹能擁有多大的領空

我們知道

有時牠必需用力撐開羽翼

抵抗強風的逆襲

那天傳來地表最年輕的

無畏抗議者

被黑暗的國家機器

捆綁住雙翼

十二歲的生命

如果才開始準備好

張開一雙

擁有無懼未來的翅膀

這世界

究竟該給他多大的天空

才配祝福他的未來

天空是自由的嗎

2019.08.28

如果我告訴你

如果我告訴你
我的心在暮光中
被一整個黑暗世界裡
引頸的悲情詩句
牢牢占據
發現關愛與同情
並不化成
饑渴中的食物與水
一杯咖啡的時間
有人自由談論
別人的水深火熱
只不過是
無聊的人間話題
我徘徊在躁悶的河堤
不知道該告訴誰
我的心
在臨界暗夜的暮色中

與遠方讀出的悲劇
一起沉淪

2019.08.03

流血的眼球

我不希望這個世界
有人在暗夜哭泣
有人無助地放聲大哭
我不希望這世界
有人因為睜大眼睛
眼球被射殺
我們究竟看到了什麼
當黑衣　白衣
以及
沾染血腥的紅衣
在眼睛無法區分的地方
讓這個世界失去依據
你選擇默默觀望
還是讓流血的眼球
永遠失明
我擔心這個世界
所有的眼睛
再也沒有能力哭泣

2019.08.12

耳語

聽說敵人已偽裝成同志
聽說手無寸鐵的民眾
已成槍砲棒棍
想要打擊的暴民
孕婦驚惶倒地
肚內的胎兒也哭出聲音
猶豫著
該不該在這世界出生
耳語正像雜草到處蔓延
聚集的群眾
猶堅持表達一致的心聲
簡單的語言
卻被無情的子彈
碎裂成
混雜的鮮血和眼淚
聽說敵人
已經穿上群眾的衣
背著武器悄悄進了城

2019.08.14

悲情人龍

一條被天空俯視的人龍

無情地被困在人間

用各種顏色組合的鱗片

向蒼天祈求憐憫

雲的聚集

因此不再天真純潔

它們為無理無義

造成的傷口

流下滴滴

不知能否清理的眼淚

當一條人龍

竟然

被困在

不知何時才能脫身的人間

2019.08.19

疑惑自由

生活裡的喜歡

不需要特別的理由

這裡沒有反送中

你是否珍惜

可以享受

喝一杯咖啡的自由

那些孩子在自己的學校

為何竟然進退維谷

蒙著面

背著無處逃離的背包

有人說

敵人沒有能力

處理我們的自由

2019.11.12

校園反送中

我們從電視螢幕上
看到理當最平靜的地方
滿是火光煙霧
孩子們被迫丟下書本
扮演起惡夢情境的
悲情英勇戰士
這世界所有的母親啊
動亂無助的心
也被投擲了
顆顆肝膽碎裂的催淚彈

2019.11.18

問太陽

走過多少地方
看過多少日出日落
同一顆太陽
卻有不一樣的心情
太陽啊！
你上山下海
行走火山冰原
俯視沼澤荒漠
看盡萬物的曲折演變
你的心
可曾覺得疲憊蒼老
這麼多忙碌活著的人
為何只剩下
日夜交替的感知
不在乎黃昏來的時候
是否有歸鳥展翅
從你美麗溫柔的輪廓
成群自由地飛過

2019.08.02

島國選戰

不要談政治

選舉到了
你們千萬不要談政治
他們紛紛跳上神壇
聲稱自己才是不世出的真神
你們是等待被解救的凡人

這無關政治
儘管顧好自己的肚子
天塌下來有神願意替你頂著
這世界沒有先知
也缺少起碼的門徒
街上到處都是稱職的追隨者

我們仍然活在一個
還沒有失去自由的世界
儘管拿著你效忠的旗幟
到處揮舞

選舉就快到了
你們千萬不要談政治

2019.07.08

島國天空

預告颱風來襲後的轉向
帶來一整夜豪雨
電視機螢幕
還在日以繼夜
為政治歧見的風雨紛擾
不安的雲
談論未來的領空
是否還存在
可以不受威脅的自由
颱風隨時再來
失去彩度的隱憂
塗抹一整片島國的天空

2019.07.01

天空

發燙的季節
腳步不知該走向哪裡
街頭有人熱議選舉
奇怪的頑固
讓政治取向的盲從
提升為邪教等級
新鮮的話術
成功地攻城掠地
關於政見
絕非一般理性的選項
仰頭看看藍天綠樹
看到一抹白雲
宣稱自己的浮動
才是天空最美的風景
這是流汗的季節
躁熱引發鬱情
人們的腳步
究竟打算走向哪裡

2019.08.02

選戰

選戰即將進入巷戰
一群人從南到北
把一支流亡的旗幟
穿在身上
戴在頭上
有時也披在肩膀上
升高圖騰對峙
冷冷夜半
陣陣哀號聲把我驚醒
那個人用眼淚煽動
站在人群裡高聲護旗
激情的群眾
似乎已經忘記
他曾經下達一道
收起這面旗幟的命令
那年張揚的旗手
個個精神分裂
身上的血跡

不知是否已經在心裡
清理乾淨
這個島
選戰正在旗幟中進行

2019.10.27

話術

那人正以市井話術
玩弄群眾
有人高呼跟隨
視他如一座崇高的聖山

那人的口舌
是一支沾染毒液的利箭
有人卻緊緊追隨
撿拾　舔蜜上癮

那人暗自高興
沉寂多年的浪跡流離
終於讓話術高超
猶如新鮮動人的詩句

那人正帶領失控的群眾
變身邪教的救世主
四處遊走

末日近了
聖經說
每個人都背負原罪

2019.10.21

寵物

一隻可愛的寵物
擁有發音可愛的名字
我不知道牠
是不是擁有一個籠子
只想到
沒有生活在野地
牠不需憂慮食物的獵取
卻勢必因為
擁有主人的寵與愛
可以活動在主人家的範圍
只不過
當主人覺得他就是主人
一隻寵物將會活在
主人支配意志力的牢籠
這個世界向來不缺
各式各樣的寵物
也不缺失去愛的主人
如果你只想當一隻

生活安逸的寵物
你將只配擁有
一個聽來
看似可愛的名字

2019.08.13

變調的顏色

顏色能代表什麼

色譜在人類眼睛內的虹膜

反射出的心理反射

究竟來自自我的幻象

還是被他者的幻術

操弄後的假象

顏色有時引人欣喜

顏色有時帶來溫柔

顏色有時讓人哀嘆

當顏色突然溢出

眾人約定成俗的框架

你的心是否會

如同一條緊繃的琴弦

突然被彈出

久久無法排解的變調

當一場白色的雪

被殘酷的戰爭

染成一片血紅的時候

2019.08.31

含笑詩叢15　PG2414

 變調的顏色
　　　──林鷺詩集

作　　者	林　鷺
責任編輯	林昕平、石書豪
圖文排版	吳東翰
封面設計	劉肇昇

出版策劃	釀出版
製作發行	秀威資訊科技股份有限公司
	114 台北市內湖區瑞光路76巷65號1樓
	電話：+886-2-2796-3638　傳真：+886-2-2796-1377
	服務信箱：service@showwe.com.tw
	http://www.showwe.com.tw
郵政劃撥	19563868　戶名：秀威資訊科技股份有限公司
展售門市	國家書店【松江門市】
	104 台北市中山區松江路209號1樓
	電話：+886-2-2518-0207　傳真：+886-2-2518-0778
網路訂購	秀威網路書店：https://store.showwe.tw
	國家網路書店：https://www.govbooks.com.tw
法律顧問	毛國樑　律師
總 經 銷	聯合發行股份有限公司
	231新北市新店區寶橋路235巷6弄6號4F
	電話：+886-2-2917-8022　傳真：+886-2-2915-6275

出版日期	2020年8月　BOD一版
定 　價	220元

國家圖書館出版品預行編目

變調的顏色：林鷺詩集 / 林鷺著. -- 一版. -- 臺
北市：釀出版, 2020.08
　　面；　公分. -- (含笑詩叢；15)
BOD版
ISBN 978-986-445-408-2(平裝)

863.51   109009509

讀者回函卡

感謝您購買本書，為提升服務品質，請填妥以下資料，將讀者回函卡直接寄回或傳真本公司，收到您的寶貴意見後，我們會收藏記錄及檢討，謝謝！

如您需要了解本公司最新出版書目、購書優惠或企劃活動，歡迎您上網查詢或下載相關資料：http:// www.showwe.com.tw

您購買的書名：＿＿＿＿＿＿＿＿＿＿＿＿＿＿＿＿＿＿＿＿＿＿

出生日期：＿＿＿＿＿年＿＿＿＿＿月＿＿＿＿＿日

學歷：□高中 (含) 以下　　□大專　　□研究所 (含) 以上

職業：□製造業　□金融業　□資訊業　□軍警　□傳播業　□自由業
　　　□服務業　□公務員　□教職　　□學生　□家管　　□其它＿＿＿

購書地點：□網路書店　□實體書店　□書展　□郵購　□贈閱　□其他

您從何得知本書的消息？

　　□網路書店　□實體書店　□網路搜尋　□電子報　□書訊　□雜誌

　　□傳播媒體　□親友推薦　□網站推薦　□部落格　□其他＿＿＿＿＿

您對本書的評價：（請填代號　1.非常滿意　2.滿意　3.尚可　4.再改進）

　　封面設計＿＿＿　版面編排＿＿＿　內容＿＿＿　文／譯筆＿＿＿　價格＿＿＿

讀完書後您覺得：

　　□很有收穫　□有收穫　□收穫不多　□沒收穫

對我們的建議：＿＿＿＿＿＿＿＿＿＿＿＿＿＿＿＿＿＿＿＿＿＿＿

＿＿＿＿＿＿＿＿＿＿＿＿＿＿＿＿＿＿＿＿＿＿＿＿＿＿＿＿＿＿＿

＿＿＿＿＿＿＿＿＿＿＿＿＿＿＿＿＿＿＿＿＿＿＿＿＿＿＿＿＿＿＿

＿＿＿＿＿＿＿＿＿＿＿＿＿＿＿＿＿＿＿＿＿＿＿＿＿＿＿＿＿＿＿

11466
台北市內湖區瑞光路 76 巷 65 號 1 樓

秀威資訊科技股份有限公司　　　收

BOD 數位出版事業部

....

（請沿線對折寄回，謝謝！）

姓　　名：＿＿＿＿＿＿＿＿＿　年齡：＿＿＿＿　性別：□女　□男

郵遞區號：□□□□□

地　　址：＿＿＿＿＿＿＿＿＿＿＿＿＿＿＿＿＿＿＿＿＿＿＿＿

聯絡電話：(日) ＿＿＿＿＿＿＿＿＿　(夜) ＿＿＿＿＿＿＿＿＿＿

E-mail：＿＿＿＿＿＿＿＿＿＿＿＿＿＿＿＿＿＿＿＿＿＿＿＿